기억의 강물

국립중앙도서관 출판예정도서목록(CIP)

기억의 강물 : 천은선 시집 / 지은이: 천은선. -- 대전 : 지
혜 : 애지, 2018
    p. ;   cm

ISBN 979-11-5728-312-5 03810 : ₩10000

한국 현대시[韓國現代詩]

811.7-KDC6
895.715-DDC23   CIP2018041069

지혜사랑

기억의 강물

천은선

지혜

시인의 말

설익고 어설픈 문장이
시의 옷을 입었다.

차마 드러내지 못하는 속내까지 읽어주고
다독여 주신 선생님
묵묵히 곁을 지켜준 가족들에게
감사하다.

봄을 기다리는 마음으로
아직 여물지 못한
첫 번째 시집을 내보인다.

2018년 12월

천은선

차례

1부

2부

3부

4부

9

1부

누가 물어보면

말없는 남자와
더 말없는 여자에게
사람들이 묻는다
무슨 재미로 사냐고

세월이 익어
바라만 보아도 알 수 있고
가끔 삐거덕거리는 오작동도 말없이
시간을 감아둔 두 사람

푸르게 내리던 비는
어느덧 싸락눈이 되어
해 너머 지평선으로 갈 모양이다

남자는 여전히 말이 없고
여자는 말이 많아졌다
사람들은 또 묻는다
무슨 재미로 사냐고

이별, 그러나

가거라 해도 너는
풍경마다 곁을 맴돈다

봄으로 가득한 그날
아픔뿐이었던 그날

보내지 못해 깊이 묻어둔 너는
때마다 꾹꾹 눌러도
온몸으로 감겨온다

지워 버린 이별
못내 아쉬워
가득 핀 안개꽃밭
지키지 못한 수많은 약속들 자욱하다

당신의 노래

아버지 애창곡은
언제나, 그리운 금강산
추억이 흐르는 산맥마다
일만 이천 봉 그리움이 메아리칩니다

삭막한 겨울을 뚫고
앵콜을 외치며 날아온 바람처럼
내 노래는
그리운 금강산으로 달려갑니다

먼 곳에서
한아름 꽃을 안고 기다리실
당신의 노래 다시 부릅니다

자두맛 사탕

할아버지 서랍에는
자두 향기가 있었다

손주 온다는 소식에
골목을 몇 번이나 오가시다가

파릇한 나를 무릎에 앉히고
자두맛 사탕을 손에 올려주셨다

할아버지가 건네는 달콤한 마음에
입속 웃음은
재잘거림으로 활짝 피고

자두꽃 만발한 방안
할아버지의 얼굴에
자두꽃이 피어있었다

아직도 사랑이다

말없이 놓고 간 흔적
지우지 못하고
너의 뒷모습 바라보며
몸져눕는다

쌓을 수 없는 인연에도
흠뻑 젖은 채
미련을 붙잡고 다시
너를 기다린다

이룰 수 없음을 알면서도
온몸이 부서질 때까지 달려와
넘어지는 파도

잡지 못하고
보내야 하는 마음

감꽃

오월이 피면
추억을 붙잡고
고향으로 갑니다

별을 안고 내려온 꽃
노랗게 아침을 여는 꽃

앞마당에 앉아
온몸을 감꽃으로 물들이고
오월을 목에 겁니다

부산스럽던 젊음도
느긋한 걸음이 되어
여백으로 앉은 시간
마당엔 지금도 노란 꽃 출렁입니다

분리수거 중

힘들게 견뎌온 말들
수거함 앞에서 떨고 있다

꿈들을 매만지며
쓸만한 것들을 건져 보려 하지만
자꾸 중심이 흔들리고 있다

아직도 끝이 보이지 않는 길
몇 번을 돌아야 꽃을 볼 수 있냐고
누군가에게 묻고 싶다

절망은 버리고 희망은 담자
분노가 넘칠 때 웃음으로 닦아내고
아침해가 밀어 올린 행복도 챙기자

아직 피지 못한 꽃들 사이
재활용하지 못할 말들
다시 주워 담는다

풍경소리

무색의 계절이
봉긋한 꽃봉오리에 걸쳐
꽃이 된다

나무의 호흡이 깊어질수록
기도는 간절하다

나지막이 인연을 노래하고
세상 이야기에 귀기울이다

해탈하지 못한 봄빛
꽃잎 사이, 풍경소리 고인다

살구나무 아래

뜨락에 머문 풋사랑
발돋움이 아슬아슬한데

꽃받침 위에 수줍게 앉은 사랑
가지마다 한입 가득 새콤하게 열린다

푸르던 풋살구
첫 만남의 떨림을
노랗게 애정으로 키워간다

혼미함 속에 몸이 굳어버렸던
그날의 입맞춤
쏟아지는 달빛에도
연정은 영글어만 간다

짧기만 했던
그날을 곱씹으며

달콤한 바람을 안고
가지 사이로 하늘이 떨어진다

다시,

가지 끝으로
몽글한 봄이 오른다
풀벌레 노랫소리로 봄의 속살을 채우고
햇빛이 차려준 길을 떠난다

추위에 닫아버린 꿈
봄비가 내리면 조금씩 풀릴 수 있을지
숲은 마지막 잎새까지 품어본다

사라져 버린 줄 알았던 날들
보푸라기처럼 다시 일어나
맨몸으로 안고

개켜두었던 나의 시간
햇볕에 펼치고 말려
하나둘 꽃처럼 꽂아둔다

꽃샘추위

바람이 심기를 건드려
움들이 목깃을 세운다

촉각을 곤두세우고
첫발을 내디딜 때
시샘하며 차갑게 흔들어 대지만
넘어지지 않기 위해
매섭게 중심을 붙잡는다

바람이 스치고 간 자리
아직 흔들려 어지러운데
나비 한 마리 꽃에 앉아
밑줄 그어진 것만 삶이 아니라고 위로한다

내 나이의 봄

기억 하나가
떨어져 나온 곳이 어딘지 몰라
길에 서성인다
무언가를 찾기에 바빴던 날들
여름의 약속은 책갈피 속에 두고
겨울산에 길을 묻는다
시간을 잡으려 애쓰다
겁먹고 주저앉았던 나는
건널목 지나오는 봄에
다시 몸을 일으킨다
나목에 걸렸던 이슬도
웃음꽃 피기를 기도하고
고개 숙인 어리보기를 도닥이는
나이만큼의 봄이 한껏 밝다

이팝나무

전설은 한편에 묻어두고
하얀 꿈 몽글리는 나무
환하게 웃으며
도톰하게 앉은 한줌 별이다

애틋한 바람도 눈부시게 피워내
넉넉한 마음 나누며
여름의 입구까지 활짝 웃는 꽃

순백의 웃음이 멈추지 않기를
눈꽃의 소원도 영원하기를
계절의 끝자락에도 소망을 가지고
자박한 향기로 오가는 말
걸음마다 봄이 웃는다

매화의 전설에 동하여

겨우내 움츠린 꽃눈
그대 가슴에 필 때까지
애타게 기다리며 참았습니다

바람이 불라치면
미소 머금은 입술 바르르 떨며
그 팔 꼭 붙잡고 앉았습니다

마주앉아 당신의 노래 들으며
곁에 있고 싶었지만
세월이 흘러 넋으로 앉은자리
그 끝에는 새소리 피었습니다

꽃술 끝에 맺힌 사연
가슴에 콕콕 박히고
꽃송이 가시고 없는 빈자리
푸른 열매가 눈을 뜹니다

>

진한 통증으로 남은 이별

매화 향기 그윽한 봄 자락에 난분분한 날입니다

바람꽃

쓰러진 마음 쌓인 언덕
낯설지 않은 우연처럼 바람이 들어
여유롭게 또 바라보게 될 때

덧없는 사랑에도
가닥가닥 이유 있는 촉을 세워
뿌리부터 깨어나 온몸을 일으키는
생의 줄기

숨결마다
흔들리는 봉오리
바람으로 써놓은 꽃

봄앓이

여린 촉으로 쓰는 편지
조심조심 몇 자 적기도 전
목련 꽃잎 떨어진다

수신도 발신도 이름도 없이
그렇게 보내진 마음 때문에
베갯잇을 적시는 호흡은 그리움이다

차마 꺼내지 못한 속말
애써 거름이 되어준 너
여리게라도 초록이 뿌려진다면
너와 행복꽃 피우고 싶다

창문을 두드리는 빗소리
그것이 나였음을 알아주기를
핼쑥해진 밤을 놓지 못하고
빈 가지에 봄이 핀다

2부

아이스크림이 녹는 밤

자전거 뒷자리에는
갓 나온 투게더 아이스크림이 실려있었다

자식들의 얼굴을 떠올리며 미끄러지듯 신작로를 달
리는 동안
햇살과 바람의 농간에
묶였던 흔적만 남기고 사라져 버린 아이스크림

다음날
새로 사 온 아이스크림을 가운데 두고
달빛 머금은 방에서는 오래도록 숟가락질이 오갔다

시간이 다 익기도 전
조용히 여정을 마무리하신 아버지

아직도
시간을 거슬러 코끝으로 전해지는 그날의 달콤함이
그리움 삭히듯 입속으로 스민다

별이 된 한마디

떠나버린 그 자리
너의 모습 선명하다
보내지 못하고
꾹꾹 누르다
복받치는 서러움
너인 양 꽃을 바라보며
너의 키를 가늠해 보고
너의 푸르던 시간을 재어보다
울컥 쏟아지는
마지막 한마디
엄마!
별이 된 너의 말

나이

묶지 않은 봉지에
햇양파가 가득이다
버스가 코너를 돌 때마다
봉지가 넘어질까 다리로 씨름하다가
문득
총총했던 엄마 생각이 난다
나이 들수록
긴장감은 찾을 수 없고
고집에 묶여버린 것만 같은 엄마
이제
몸보다 앞서가는 그림자
붙잡아보려고 애써보지만
돌이킬 수 없는 미래로 가고 있는 듯
그 길 뒤따라 내 나이도 가고 있다

흔적

유성이 지나간 자리
가시 하나
콕 가슴을 찌릅니다

마지막 열정을 태우던 담장에
붉은 향을 꽂아둡니다

흥건한 삶을 마무리하는
장미꽃 몇 송이

마른자리에서도
소리 없이 일어납니다

그래도

짙은 녹음 속에 씨알 머금고
더위가 가시길 기다리다
풀향 가득한 마당에서
시원한 바람을 기도하며
몸을 일으키려 애쓴다

하늘이 한 발짝 높아질 때마다
낮아지는 자신을 탓하면서도
조급함을 감추고
도움닫기를 시도해본다

떫어 울던 눈물 속에서도
알토란같은 날들
행여 누가 밟을까 봐 얼른 껴안는다

여미는 옷깃 속으로
침묵하던 안도가 들어오는 중이다

바다에 가면

바닷가 가로등도
질펀한 갯벌의 소리를 듣지
감당해야 할 몫 하나둘 늘어날 때마다
힘든 하루 썰물에 실어 보내고
한마디 철썩거림 기다리지
달이 앉은 바다,
뜨거웠던 열정도 잦아들고
안절부절 발버둥치던 날들
물결에 몸을 맡기지
새벽이 아침을 감싸듯
지친 몸 포근하게 감싸주지

그 이름

언제 어디서나
자동 분사되는 이름
수없이 이어지는 되돌이표

뒤돌아보면
두 손 모은 기도를 앞세우고 계신 어머니

시린 몸 누일 때나
시간에 허우적거릴 때
나지막이 불러보는 그 이름

주름꽃에 나를 앉혀놓고 어르며
혜안으로 지켜주시는
그 이름,

달맞이꽃

침묵을 깨고

그리움 쏟아진다

나의 언어로는 부족한 듯

달의 눈물까지 담아

긴 편지를 쓴다

쓰라린 손끝으로

달빛 스며들어

다시 꽃이 된다

세탁기

　온갖 풍파에 찌들어 지친 몸으로 삶의 자취들 나누고 더불어 사는 법을 배운다 세상에 맞서 때로는 부드럽게 때로는 거세게 부대끼면서도 모난 곳들을 어루만져준다 아픔을 감싸주고 부족함을 채워주며 도닥이고 이견을 조율한 후 다시 방향을 잡아 새로운 길을 찾는다 가끔은 엉킨 미련을 버리지 못하고 주춤거리다 멈춰 서서 생각에 귀기울이며 남은 미련 씻어내려 애쓴다 벗어버리기 힘든 날들 구석구석 휘돌아 나오면 욕심과 뒤엉켜 꺽꺽 소리를 낸다 복잡해진 마음 답답함을 호소하며 길을 잃고 멈춰 섰을 때 호흡을 가다듬고 방향을 이끌어줄 시작 버튼을 다시 누른다

거미

전봇대를 사이에 두고
집을 짓는다

도시의 불빛이
거리에서 비틀거릴 때
별을 사냥하는 거미
비상을 꿈꾸며
현수교를 만든다

비 내리는
마지막 교차로에서
회전 구간을 벗어나지 못한
외로움이 돌고 있다

빈틈으로 바람이 지나면
소리 없는 몸부림으로 버티다

>

허전해지는 뱃속을 채워줄

마지막 자존심은 멀미를 한다

어떤 기도

상처 난 기도
잠 못 이루고
방바닥을 기어다니다
말라버린 입술
마른기침으로 밤을 뒤척이며
충혈된 날들 헐어갑니다

여명에 몸을 담아보려
어둠에 젖은 무릎 일으키며
빛을 찾는 기도
새벽별 내어달라 빌어봅니다

계절의 언덕

안개 걷힌 언덕으로 걸음을 옮기면
소리 내어 울던 벌레 소리 잦아들고
하늘을 삼키던 나무들도 잠잠해진다

억센 기운 뚫고
속살 내보이던 새싹
물소리 가득한 허공에 피었다

마디마다
쉬었다 가자고 앉은자리
후덥지근한 바람에 휘청거리다
가멸찬 꿈을 기도한다

푸르게 쏟아내는 박꽃 같은
사그랑이가 될 하얀 생을 어루만지며
어머니 그리워 밤을 지새운다

여름날의 질투

휴일 아침
텃밭으로 향했다

밭을 가득 메운 달맞이꽃
사정없이 후려쳤다
아직 가시지 않은 여운으로
우두둑 꺾이는 소리

남의 밭 한가운데서 뭐하는 짓이냐고
속으로 꼬들꼬들 씹어 가며
누가 속을 보지 않았을까
먼저 붉어지는 낯빛인데

서로에게 애틋했던 시절이
달맞이꽃 위로 지나고
오늘밤은 달의 얼굴도 보지 못할 것 같다

＞

가뭄에 목이 타들어 가는
허한 바람이 후끈하다

성가신 마음 가라앉히고
텃밭을 바라보니
풋사랑에 너무 여려 떠나보내야 했던
어느 별
너 때문에 또 밤을 설칠 것 같다

언제쯤

진실은
입속을 돌다 날아간다
흰소리해대는 세상은
허구로 부풀고
무게를 이기지 못하는 말들
여기저기 헤매고 있다
익지 않은 이야기에
멍든 가슴 헐어갈 때
길을 잃은 바람
입을 닫는다

꼭지

꼭지와 맞붙어 태어난 토마토
반생을 초록으로 살았다

받치고 있던 생이 채워지고
온새미로 올라오던 꿈
붉게 익어갈 때까지
꼭 붙어있던 꼭지
아직도 푸르게 반항하며
손을 놓지 못하고
구석구석 다듬던 햇살을 만지작거린다

노을이 짙어질수록
내 몸 어딘가에 서성이던 미련도
붉은 눈물 가득한 토마토 꼭지처럼
아쉬움에 말문을 닫고
한조각 생의 기억으로 떨어진다

폭포 앞에서

일갈하듯
물바람이 사면으로 사자후를 토한다

용소는 몸부림치고
헝클어진 마음 바짝 긴장한다

나를 따라온 일상
반라의 모습으로 비춰지고

솟구치는 물방울 너머
팽팽한 무지개

두려움 벗어버리고
당당하게 서 있는 물줄기들과 마주한다

3부

고향에서

아침이면 감꽃 줍던 소녀, 감꽃은 맛있는 꿈이었다 사립문 앞 개울가 탱자나무 사이에 노랗게 맺혔던 시간들 구멍난 틈으로 그리움 끼워본다 할아버지 장구 소리는 골짜기를 헤매는 메아리가 되고 할머니의 호롱불은 가로등이 삼켜 길을 잃었다 시냇물과 함께 흐르던 웃음소리는 귀먹은 침묵이 되고 징검다리에 앉았던 태양은 길이 막혀 슬픈 나그네가 되었다 시간의 궤도 위에서 삶의 바쁜 걸음들만 길목을 서성이고 양지초등학교라는 낯선 현판과 마주하니 눈이 시리다 푸른 하늘 아래에 서서 앞마당 감나무를 가슴으로 안고 애틋하게 불러보는 이름들, 대답 없는 고요가 무른 도시의 상처에서 딱지 몇 개 걷어내면 그리운 고향의 새살이 돋아난다 흩뿌려진 나뭇잎 위로 시간을 되짚어 걷는다

하얀 약속

그대 공간에서
하얗게 기다린 말
이내 바람이 가져가네요

마주했던 시간 석양에 잠기고
돛단배처럼 떠밀리는 흔적에
당신의 시선을 찾습니다

무언의 약속 하늘에 새기며
빛나던 눈동자
어느 별을 향하고 있는지
나 그곳에 있고 싶습니다

당신이 손짓하는 그곳
갈 수 없어 스쳐 앉은자리

산 하나가
바다로 내려앉습니다

꽃 진 자리

어디서 온 것인지도 모르면서
내 몸에 붙어있는 슬픔처럼

푸르게 멍든 꽃 진 자리로
진갈색 나이테가 돌고 있다

자꾸 불러보는 이름
메아리로 가슴에 얹힌다

상처가 날 때마다
온몸에 꽃잎을 붙이고
가시 돋친 말들을 달랜다

그 상처들 위로
다시 바람이 불고
눈물 같은 초록 꽃 피어난다

추억 속으로

그곳에 가면 소꿉놀이하던 친구들이 풀숲 작은 잎새
처럼 반가운 얼굴로 다가온다 미꾸라지 잡던 소년 보이
지 않아도 꾸밈없는 몸짓들 물향으로 올라온다 햇살이
놀고 있는 징검다리, 단풍잎 덩달아 물장구치면 어린 시
절이 재잘거리며 일어난다 갈바람에 햇살 입은 추억 파
스텔톤 옷을 입고 늘 걷던 길목에서 기다리고 있다

고향길

소슬바람 불어오면
한기에 몸살 앓던 가을

별들을 모아온 사과나무 가지 끝으로
속삭임처럼 옹기종기 앉은 사과들

자리마다 익어가는 기록
아무것도 걸치지 않은 몸으로
떫은 부담을 떨어낼 즈음
붉은 해가 풍경이 된다

궁싯거리는 발걸음으로
영글지 못한 나의 시간은
아직도 고향 그 길
들녘을 지나간다

당신의 발자취

당신은 언제나
나를 바라보며 웃고 있었습니다

앞으로 한발 한발
조용히 걸어가라 했습니다

마지못한 삶도 내 것이라 여기고
호젓한 길도 즐기며 가라 했습니다

나무 그늘 사이로 가서
빛을 찾으라 했습니다

그리움 출렁이는 지금
당신의 발자취 따라
그 길 걷고 있습니다

이별에 대하여

산맥에 기댄 마음
아직
흐르는 중입니다

가슴 철렁일 때마다
노을빛 사위는 하늘 끝에서

꽃을 품었던 가슴으로
다시 피어날 때를 기다립니다

이별은
찬바람 삼켜가며
씨앗을 키우는 일인지도 모르겠습니다

고명

어둠 속에서도
아침은 오듯이
바람 부는 날에도
꽃이 핀다는 걸 알았다

상처에 핀 열꽃은
밤을 어루만지는 달빛이듯
가슴에 얹힌 흐느낌은
별들이 뿌려놓은 고명이라는 걸
이제야 알았다

별빛 세레나데

여름 편지지에
건들바람이 고백을 써 내려가면

푸른 기운 머금던 잎새들
색색으로 써 내려간 사연
책갈피 속으로 물들어가고

익어가는 이야기 하늘을 채우면
별들이 지붕 위에 내려앉는다

마지막 편지를 쓰는 단풍은
가을을 그리는 별빛 세레나데

바람이 용마루를 타고 흐른다

사랑타령

아직도 사랑타령이냐는 말이 자꾸 부풀어오르더니 가슴에 박혔다 아직 사랑을 꿈꾸는 나는 잠깐의 덜컹거림에도 모든 것이 흔들려 버리고 눈물은 가슴 한켠으로 차곡차곡 쌓아둔다 괜한 서글픔에 기어코 풀잎 끝 이슬을 흔드는 그 말, 거르고 걸러도 가시 하나 가슴에 남는다 놓을 수 없는 미련이 수심으로 차오를 때 바람에 휘청거리는 가지 끝 열매가 꽃처럼 말을 걸어온다 삶의 공간으로 두려움이 남아 불 꺼진 허공을 더듬다 마음처럼 수척해진 하늘에 또 사랑을 말한다

수세미

노랑 꽃방에
벌들의 왕래가 잦다
해거름에도 속살 채워가는 그녀

야지랑스러운 계절의 귀로에 피어
무소유를 실천하고자
한 땀 한 땀 인연의 끈을 엮어가며
속빈 주머니 만들어둔다

허허로운 일상에도
여우별처럼 다녀가는 자식들에게
두터워진 햇볕에 쉬어가라 그림자 만들고
노랗게 흘러가는 시간을 페이지마다 걸어둔다

속을 다 내놓은
그녀의 구멍난 가슴으로
마른 눈물 삼키는 모정이 오버랩된다

재회

흐려진 눈동자로
너를 찾는다

흔들리며 뒤척이던 밤
묵정밭이 되어버린 어린 시들의 추억을
곱디고운 새 밭으로 가꾸어
바심을 하고 몽글리고 있다

멀어진 그리움인 줄 알았던 네가
오랜 친구로
늘 가까이 걷고 있을 줄이야

너를 다시 만난 지금
서툰 공간마다 꽃으로 채워가며
나는 지금 회복 중이다

버스 안에서

씹는 소리에
누군지 모르는 그녀가
창밖 풍경처럼 흔들리고 있다

달려드는 간판들 사이
'치과병원'이 눈에 들어온다

병원으로 들어서며
나의 입속에도
누군가가 들어있지 않나 살펴본다

조심스레 틀니를 끼우고
합체를 기다리는데
서늘한 바람이
입안으로 훅 밀려든다

화들짝 놀라
얼른 입을 닫는다

반추

탱자나무 가시에 찔린 바람이
가뭇없는 기억을 더듬습니다

모서리마다 거스러미들
계절이 바뀔 때면 일어나
바지랑대 걸렸던 추억으로
가없이 온몸을 훑어옵니다

푸르게 숨쉬는 여정
희아리가 되기 전
다시,
초록에 올려봅니다

억새를 보며

가을이 한 생을 토해낸다

가쁘게 달려온 길
까끄라기도 빛을 내며
깃털 같은 꿈을 흔든다

찬바람 불어오면
축축하게 젖어드는 허전함에도
빛을 발하는
저 억새

시간을 익혀 갈무리하며
생의 이력들 허공에 기록한다

언저리를 쳐내는 바람에도
꽉 찬 주머니 하얗게 떨어내고
노을 뒤편에 있는 미래를 끄집어내어
하늘에 한 줄 내일을 그어본다

시인의 집

한껏 부푼 발걸음으로
당신을 만나러 갑니다

짙은 연무로 흐려진 마음에
당신의 목소리 들려옵니다

길섶에 누웠던 그리움이 몸을 일으켜
곡류로 흘러들어오는 듯
당신의 자취 온몸을 감싸옵니다

당신이 계신 그곳에는
삶의 자국들 쓰다듬는
또 하나의 계절이 익어가고 있습니다

늦지 않았어

강가에 앉은 가을과 마주하면
지나온 날이 아쉬움으로 올라온다

조심스럽게 디뎌온 고비마다
수많은 사연을 기슭에 묻고도
누군가를 보내고 누군가를 만난다는 것에
나의 계절은 지독하게 몸살을 앓곤 했었다

옷을 갈아입는 단풍나무들
서로를 다독이며
또 다른 만남을 기대하는 것처럼
흐려지는 마음 단단히 챙겨
늦지 않았다고 되뇌며
깊게 파고드는 바람과 맞서 본다

4부

기억의 강물

낯익은 물 내음
시간을 떠도네

하얗게 일어나는 부스러기들
서로 부딪혀 발목을 긁고

삼키지 못한 그리움
기억의 조각들로 쌓이네

강가에 서면
잃어버렸던 유년이
다시 일렁이네

물속에 이는 바람처럼
파릇했던 속마음
기억의 강물 위로
푸르게 굽이쳐 흐르네

잠자는 바다

아가 같은 바다야

너를 업고 달리던 빗길
젖은 마음으로 다시 걷는구나

그림자처럼 따라오던 말들
노을의 가슴에 눕고
비린 바람이
젖은 눈시울 닦아주는구나

썰물 소리 더듬는 나의 마음
가없는 기다림이 되었구나

너의 푸른 이야기
가만가만 자장가로 풀어낼게
반짝이는 윤슬을 덮고
잘 자거라 아가야

서리 내린 날

된서리처럼 걸려온 전화
아버지 위독하시단다
무서리에도 찬 기운이 신경 쓰이던 밤
체온이 발가락 끝에만 매달린 듯
온몸이 냉골이었는데
차창 너머 시간은 늘어지기만 하고
아버지는 영원의 길을 재촉하시나 보다
흐르는 눈물을 멈출 수 없는데
서릿발 같은 전화
바람을 잦히고 따뜻한 가슴을 내놓으신
속살 꽁꽁 여미고 거친 삶을 걸으신 아버지
젖은 길을 달리고 달려
아직 남아있는 온기를 끌어안았다
가시는 길도 보내는 길에도
그리움 축축하게 올라와
울음 섞인 숨소리 병실에 가득한데
창가에 아버지의 마지막 말씀이
빗물처럼 흐르고 있었다

어머니의 허리

아버지가 만들어놓은
바람의 창은
자식들 학비와 생계로 답답했던
어머니의 허리를 삐끗하게 했다

주머니는 채워지지 않고
애간장만 태운 삶의 터전에서
먼지 쌓이는 창가에 기댄
어머니의 허리는 휘고 있었다

아버지 열정만큼이나
바람의 창이 삐걱거리면서
어머니의 허리를 아프게 했다

남 좋은 일만 하다 가셨다면서도
어머니의 푸념 조각에는
아버지를 향한 그리움이 바느질되어 있었다

>
  이른 저녁 다 채우지 못한 달을
  물끄러미 바라보다
  맥없이 넘어져 입원하던 날,

  입원실 창 너머 아버지 닮은 달이
  넘어가는 해를 붙잡으려 애쓰고 있었다

할머니 밥그릇

학교 갔다 오면 이불 속 밥그릇을 꺼내 갖가지 반찬과 함께한 상차림은 언제나 따뜻했다 추위에 많이 떨었을 어깨에 넌지시 이불을 올려주시고 밥상 앞을 지키셨던 할머니, 밥상 위에 당신의 구수한 하루를 차려놓고 기다리시던 저녁이 그리워 나는 지금도 밥상에 꿈같은 이야기를 올려보곤 한다 손주의 입으로 들어가는 것을 당신이 먹는 것처럼 즐기시고 숭늉까지 다 비우기를 기다려서야 물러앉으시며 뿌듯해하셨다 철없는 투정에도 말없이 웃으시던 주름살 사계절이 제각각 빛난다는 것을 알지 못해 생경스럽던 그 겨울, 애잔하게 바라보시던 모습이 토렴하듯 가슴을 적시고 간다 채마밭에 바지런하던 발자국도 점점 깊어지는 기침소리에 성기어가도 아랫목에는 뽀로통한 손녀의 볼을 녹여줄 밥그릇이 들어있었다 기억과 망각은 반복하며 가슴 깊은 곳으로 써 내려가고 멈출 줄 모르고 걷는 시간은 미래로만 가는데 사그라지던 가슴으로 여백에 잠시 침묵하는 사이 나의 철없는 시계는 아직도 할머니의 이불 속으로 들어가고 있다

아버지의 노트

목에 걸린 그리움 삼키며
당신의 노트를 열어봅니다

먼 산 꼭짓점에 찍어둔 삶
몇 줄, 바람 소리로
노트 속에 조용히 봉인해둔 채
수많은 시간 은하수로 흘려보내고

젊은 날개는 독백으로 접어둔 채
익어가던 꿈을 삶으로 토해내며
바람처럼 산을 넘어가신 아버지

너에게

그날의 기억을 훑어
너를 찾는다

그날은
빛의 조각을 찾아 헤매다
무음의 호흡에 뒷덜미를 잡혔었던 날

이별
꼬리까지 붙잡아
너의 얼굴 끌어안고 울던 날

약속 없는 시간 속으로
너는 흔적만 남겨놓고 떠나고

우표 하나 붙이지 못한 채
나는 멀건 거짓말로 스스로를 달래 가며
오늘도 너에게 편지를 쓴다

생각이 많은 날에

하늘은
바다를 닮았다

한숨은
파도를 닮았다

물안개
한껏 끌어당겨
수평선에 내려놓고
햇살이 만든 풍경에 발을 내디딘다

진즉 내려놓아야 할 것들을 짊어진 채
어둠 속을 굴러왔어도
사랑이었다고 말해줄 걸

너를 생각하면
생각은 군더더기처럼 엉기어

옴짝달싹 못하고
범람을 저지해 줄 바닷속으로
한바탕 쏟아지는 비처럼

내 마음도 너에게로 스미고 싶다

저울

자리를 찾지 못한
눈동자가 방황한다
기쁨과 슬픔
아픔과 평안
바투 앉아 서로를 흔든다
난장 피던 편견에
간절함 슬쩍 올라서니
편치 않은 무게만큼
무겁게 눌린다
삶은
계측할 수 없다는 듯
바람도 방향을 바꾼다
세월의 기울기에
마음을 정돈하며
제로점에 다시 선다

한란寒蘭

한란寒蘭 한그루 키우듯
냉골 같은 삶에서도
조심스럽게 키워온 날들이 있었다

여름부터 기별 없이
꽃눈을 키워온 것처럼

폭풍이 몰아치는 날도
잔잔하고 평온한 날도
차근차근 다져가며 살아온 그 시절

한겨울
어슴푸레한 빛을 뚫고
환하게 꽃을 피워내던 너를 보며
희망을 꿈꿀 수 있었다

겨울을 따뜻하게 하고

삶의 의미를 피력하는 그윽한 웃음으로
찬바람에도 웃을 수 있는 여유를 알게 해주었다

한란寒蘭이 꽃을 피우듯
우리도 삶 속에 꽃을 피웠고
뒤돌아보니
부족한 것 많아도 참 따뜻했던 그 시절이 있었다

첫눈을 기다리며

빛바랜 시간을 꺼내놓고
한없이 만지작거린다

사붓이 다가오는 추억 하나
발그레한 얼굴로 꽃잎에 앉는다

봉숭아꽃 곱게 다져
달을 품은 손톱 위에 기도처럼 올리고
첫눈이 올 때까지
봉숭아빛 편지를 쓴다

그리움

바람 불 때마다
너 아닌 것이 없다

그리움 한 장씩 덧바르며
너를 다시 안는다

바람은
열지 못하는 숲을 헤매다
메아리가 되고
아련한 너의 목소리는
어둔 숲에서도 들리는 듯하다

푸르던 웃음
붉게 떨어지고
흔적마저 사라져 버린
가을이 머문 자리에
알싸한 부스러기
마른 몸부림으로 문 앞을 구른다

익어가는 중

불덩어리 받아들고
냉풍에 빠져야 하는 혼돈의 시간
감전되어버린 몸으로
표출하지 못하고 쌓였던 것들이
일시에 터져 나온다

무거운 욕심이 어깨를 누르고
차가운 이기주의가 목을 굳게 하고
뼈있는 말들이 서로 부대끼며
걸음을 아프게 한다

서릿바람 속으로 달려드는 열기
주섬주섬 감정을 담아보아도
출렁임이 멈추질 않는다

설익어 내게로 온 시간들
여물어가고 있는 여정에 담고
하나둘 익히는 중이다

청소기를 돌리며

슬픔을 장전해 두었던 사람처럼
세상에서 발버둥치던 몸이
힘없이 놓아버린 시간을 우는 것 같다

구석구석 놓인 사연들을 거친 숨소리로 읽어 가는 그는
누군가의 슬픔 또 이별이 되어버린 사랑,
그 아픔의 조각까지 다 쓸어 담으려고 할까

가슴에 가시처럼 박혀있는 먼지
끌어내려고 발버둥을 치는데
모서리마다 숨은 몸부림이 날카롭다

따뜻한 위로에도 바로 눈물 쏟지 못하고
몰래 혼자 아픔을 열고 한없이 울고 싶을 때
무한반복 하소연을 쏟아놓는다

가끔은

온갖 것들을 삼키고 뱉어내기에 지쳐
멈추기를 갈망하는 그의 절규가 들릴 때
나도 멍하니 막혀버린 호흡에 아무 말 듣고 싶지 않고
바짝 엎드린 삶을 휘저어 버리고 싶을 때가 있다

한발 물러서서

호기롭던 언덕에 헛물이 들어
푸념으로 넘어진 바닥에서
몸을 일으켜 보자

어줍어 머문 자리
희멀거니 선 밑그림 위로 방황이 지나면
뇌리에서 부스럭거리는 고집들
반만 접어보자

미완성의 걸작을 기대하며
불그스레함이 붉다고 고집하고
푸르스레함이 푸르다고 고집하면
그렇다고 하자

나를 고집하지 않기로 하자
시간을 주무르며
다시 일어나

천천히 채우기를 반복하는 달과 함께
한발 한발 느린 길을 가보자

생의 한 마디

그 푸른 단단함은 어디로 가고
나의 청춘이
생의 마디에 갇혀버린 것 같다
잘 가고 있는 길에도 자꾸 어기대는 소리
예민해지는 마음만큼
튼튼했던 과거로 가고 싶은 욕망
아무리 발버둥 쳐보아도
마디마디 아쉬움만 쌓인다
살아온 시간이 멀어질수록
치유하지 못한 상처 깊어만 가고
늙어가는 몸의 소리도 커져간다
온몸으로 흐르던 삶의 이력
내 것이 아닌 것처럼 널브러지는
생의 한 마디
오랜 흔적으로 나를 끌고 간다

기억; 문득과 통증의 메커니즘

— 통증을 밀어내며 꽃은 핀다

최은묵 시인

기억; 문득과 통증의 메커니즘
— 통증을 밀어내며 꽃은 핀다

최은묵 시인

꽃 진 계절마다 마디가 생겼다. 흐름이 멈춘 마디에 굳은살이 오르고 공간을 공유하던 시간은 겉이 말랐다. 단단하고 마른 표면에 바람이 닿으면 신기하게도 어떤 시간은 거꾸로 흔들린다. 되짚어 피어나는 꽃의 몸짓들. 건들면 거친 껍질 사이로 기억의 진액이 떨어질 것만 같다. 기억은 '문득'과 비슷한 온도를 지니고 있어 '문득'과 '문득' 사이의 골에서 천은선의 파형은 반복된다. 솟구치거나 가라앉거나, 굴곡이 만들어낸 통증은 진행형이다.

멈추었으나 멈추지 않는 기록을 기억이라고 할 때, 천은선 시인의 첫 시집 『기억의 강물』은 정지된 과거의 이미지에서 벗어나 흐름이라는 연속성을 지닌다. 그것은 소멸된 대상에게 다시 생명을 불어넣는 시인의 행위이다. 체험으로 얻은 과거의 이미지를 현재의 이미지로 생산하는 동안 그것들은 변형되고 각색되어 새로운 이름을 얻는다. 울퉁불퉁한 마디를 주저 없이 가슴으로 품느라 생긴 통증. 시인은 그 고통이 시로 변하는 과정을 기꺼이 견뎠을 것이다.

과거와 현재를 잇는 순간의 떨림이 어떤 진폭을 지녔느냐에 따라 울림의 너비는 정해진다. '문득'과 '문득' 사이를 좁히다보면 시인이 디딘 자국에 조금 더 근접할 수 있을 터, 꽃 진 자리를 함께 바라보며 지난 계절의 기억을 소환하려는 시인의 서사에 동참하는 시도는 흥미로운 일이다.

겨우내 움츠린 꽃눈
그대 가슴에 필 때까지
애타게 기다리며 참았습니다

바람이 불라치면
미소 머금은 입술 바르르 떨며
그 팔 꼭 붙잡고 앉았습니다

마주앉아 당신의 노래 들으며

곁에 있고 싶었지만
세월이 흘러 넋으로 앉은자리
그 끝에는 새소리 피었습니다

꽃술 끝에 맺힌 사연
가슴에 콕콕 박히고
꽃송이 가시고 없는 빈자리
푸른 열매가 눈을 뜹니다

진한 통증으로 남은 이별
매화 향기 그윽한 봄 자락에 난분분한 날입니다
─「매화의 전설에 동하여」전문

겨울이 지나는 길목에 매화가 "난분분"하다. 난분분한 까닭은 흩날리는 꽃잎이나 향기 때문만은 아니다. 어지러움의 이면에는 지금의 현실인 "매화"를 관통해 '문득' 발원된 이전의 현실이 있다. 이때 "당신"이란, 기억을 형성한 어떤 마디의 대상이다. 그 대상이 누구인지 유추하는 일에 의미를 두는 것은 불필요하다. 시집 곳곳에 등장하는 "너", "당신", "그대", "아버지", "어머니", "할아버지", "할머니" 등은 각각 독립된 기억의 마디로

존재하지만 그들이 모여 이룬 물줄기는 천은선 시인이 말하고자 하는 담론으로 흐르고 있기 때문이다.

흐름을 이루는 자리에는 시간이 있다. 반복된다고 믿었던 계절도 실은 시간의 흐름이다. 한 번 지나간 시간은 되돌아오지 않는다. 그러므로 반복이라고 믿었던 루프loop는 허상이다. 이전의 기억을 바탕으로 가공된 기억은 불필요한 것들이 제거된 채 새로운 생명을 얻는다. 거기쯤에서 시는 찾아온다.

묶지 않은 봉지에
햇양파가 가득이다
버스가 코너를 돌 때마다
봉지가 넘어질까 다리로 씨름하다가
문득
총총했던 엄마 생각이 난다
나이 들수록
긴장감은 찾을 수 없고
고집에 묶여버린 것만 같은 엄마
이제
몸보다 앞서가는 그림자
붙잡아보려고 애써보지만

돌이킬 수 없는 미래로 가고 있는 듯
그 길 뒤따라 내 나이도 가고 있다
— 「나이」 전문

　따라간다는 말은 여러 동질성을 지닌다. 그것은 방향
이나 답습처럼 유사한 흐름을 포함한다. 어떤 개체를 통
해 동질한 순간을 인식한다는 건 기억의 공유를 의미하
는 동시에 대상과 일치되는 독특한 지점을 가리키는데,
「나이」에서는 "햇양파"가 담긴 "봉지"를 매개로 '엄마의
나이'와 '화자의 나이'를 같은 위치에 겹쳐놓는다. 과거
로부터 현재까지 이름이 동일한 사물을 통해 예전의 이
미지를 오버랩 시키는 일은 최면으로 꺼내온 기억처럼
경험에서 발현된 일부이다. "엄마"를 통해 지금의 "나"
를 돌아보거나, "나"를 통해 이전의 "엄마"를 꺼내는 시
도는 현재를 기준으로 펼쳐진다. 그러므로 화자가 이전
의 경험으로 앞날을 예견할 수 있는 이유도 앞서 걸어갔
던 "엄마"라는 이미지를 통해 시간을 단절시키지 않고
이어가려는 몸짓과 합치되는 까닭이다.

　헤라클레이토스Heracleitos는 "같은 강물에 두 번 발을
담글 수는 없다"고 말했지만, 시인이란 불연속성을 연
속성으로 바꿀 수 있는 힘을 지니고 있어야 한다. 첫 번

째 발을 담그고 두 번째 발을 담갔을 때 분명 시간이 달라졌다. 그럼에도 불구하고 시인은 동질의 행위 또는 동질의 이미지가 지닌 떨림을 캐치하여 시적 세계를 구축할 수 있어야 할 것이다.

이렇게 볼 때, 천은선의 시는 "감꽃은 맛있는 꿈이었다 사립문 앞 개울가 탱자나무 사이에 노랗게 맺혔던 시간들"(「고향에서」)이나, "그곳에 가면 소꿉놀이하던 친구들이 풀숲 작은 잎새처럼 반가운 얼굴로 다가온다 미꾸라지 잡던 소년 보이지 않아도 꾸밈없는 몸짓들 물향으로 올라온다"(「추억 속으로」)처럼 각인된 기억은 소멸되지 않고 구체적 사물에 달라붙어 끊임없이 자신을 호명해주길 기다린다는 걸 알 수 있다.

그렇다면 천은선은 어떤 사물을 중심으로 기억을 호출하고 있는지, 무엇이 과연 시집의 뼈대를 이루고 있는지 유심히 살펴볼 필요가 있다.

어둠 속에서도
아침은 오듯이
바람 부는 날에도
꽃이 핀다는 걸 알았다
―「고명」 부분

시집 『기억의 강물』에는 다양한 사물이 등장하는데, 그중에서 유독 시선을 끄는 것은 '꽃'이다. 이때 '꽃'은 구체적 이미지를 지니면서 동시에 기억을 호명하는 도구로써의 역할을 담당한다. 꽃이 피기 이전부터 꽃이 진 이후까지의 시간 중 어느 지점에서 꽃이 고유한 기억의 마디로 비유되는지 느끼는 접점이 시인과 독자가 오롯이 만나는 공간이라 말할 수 있다.

풍파 속에서 삶이 내는 목소리에는 비명이 담겨 있다. 하지만 비명이 비명으로 끝난다면 꽃은 만개하지 못한 채 시들지도 모른다. 타자를 원망하지 않고 제 몸을 펼치는 꽃은 과거를 통해 터득한 미래의 희망을 상징한다. 그럼에도 불구하고 꽃이 피고 지는 순간의 몸짓을 숨죽인 채 바라보는 시인의 시선은 여전히 고통이다.

「고명」에서 언급했듯이 시인은 고통으로 "어둠"과 "바람"을 밀어내야 "꽃"이 핀다는 걸 잘 알고 있다. 그렇게 피운 감꽃, 살구꽃, 이팝꽃, 매화, 바람꽃, 달맞이꽃, 수세미꽃들이 나름대로 물길을 만들며 흐르는 동안 시인은 "지키지 못한 수많은 약속"(「이별, 그러나」)을 뒤늦게나마 지키려는 듯 유년부터 하나씩 강물의 보푸라기를 더듬기 시작한다.

사라져 버린 줄 알았던 날들

보푸라기처럼 다시 일어나

맨몸으로 안고

— 「다시」 부분

"사라져 버린 줄 알았던" 기억은 "보푸라기처럼 다시 일어"났다. 그 기억을 "맨몸으로" 안는다는 건 적극적인 몸짓이다. 천은선이 쓰는 시는 "개켜두었던 시간"을 펼치는 작업이며, 또 "꽃처럼 꽂아"두는 일이다. 어쩌면 그것이 지극히 개인적인 사유여서 타인에게는 무의미한 일일지라도, 아직 꽃이 피기에는 이른 초봄의 날씨라 하더라도, 회상에 그치지 않고 강물에서 기억 한줌을 꺼내 씨앗으로 만드는 과정은 그 자체로 유의미한 일이라 할 수 있다.

흐르는 강물을 통해 동적 세계관을 언급한 헤라클레이토스와는 달리 파르메니데스Parmenides는 세계의 변화는 사물의 변화일 뿐 그 본질은 동일한 것으로 보았다. 이런 맥락으로 볼 때, 어쩌면 천은선의 시세계는 파르메니데스의 의식과 유사한 흐름을 지닌다고 할 수 있다. 하나의 세계는 하나일 뿐이듯 기억의 세계나 현실의 세계를 분리해서 해석하는 것은 일부 오류를 일으킬 수도 있다. 하지만 태생적으로 시적 세계는 철학적 세계와 결을 같이하진 않는다. 오류야 말로 개인이 지닌 상상력이 더해져 재생산되는 시의 미학으로 볼 수 있기 때문이다. 굽이 흐르는 강물의 파장을 어느 마디에서 도려내느냐에 따라 울림의 정도가 다른 것은 결국 개인마다 지닌 통증의 정도가 다른 까닭이다.

바람이 심기를 건드려
움들이 목깃을 세운다

촉각을 곤두세우고
첫발을 내디딜 때
시샘하며 차갑게 흔들어 대지만
넘어지지 않기 위해
매섭게 중심을 붙잡는다

바람이 스치고 간 자리
아직 흔들려 어지러운데
나비 한 마리 꽃에 앉아
밑줄 그어진 것만 삶이 아니라고 위로한다
　　　—「꽃샘추위」 전문

바람은 아직 차고 몸을 움츠려야 하지만 머잖아 "움들"은 몸집을 키워 "목깃을" 세울 것이다. 시인은 한순간도 꽃 피우기를 포기하지 않는다. 시인이 집요하게 붙잡고 있는 "꽃"의 내면은 단순히 "가족"이라는 테마로 둘러싸인 기억의 회상일 뿐일까? 물론 시집 전편에서 보여주는 많은 부분이 그러하더라도 역광으로 잎의 뒷면을 바라보듯 시인의 목소리뿐만 아니라 그 목소리에 담긴 미세한 떨림까지 더듬어볼 필요가 있다.

"밑줄 그어진 것만 삶이 아니"듯이 마디가 생기지 않은 기억은 여백처럼 지나갔을 것이다. 그러므로 기억의 중과를 따지는 건 무의미하다. 다만 시인이 보여주는 몇몇 기억을 통해 우리가 작은 부분 동참하는 순간, "어머니"는 시인만의 어머니가 아니라 세상의 어머니가 되고, "아버지"는 세상의 아버지가 되어 "나비"처럼 꽃에 앉아 누군가를 위로할 수 있는 것이다.

노랑 꽃방에

벌들의 왕래가 잦다

해거름에도 속살 채워가는 그녀

야지랑스러운 계절의 귀로에 피어

무소유를 실천하고자
한 땀 한 땀 인연의 끈을 엮어가며
속빈 주머니 만들어둔다

허허로운 일상에도
여우별처럼 다녀가는 자식들에게
두터워진 햇볕에 쉬어가라 그림자 만들고
노랗게 흘러가는 시간을 페이지마다 걸어둔다

속을 다 내놓은
그녀의 구멍난 가슴으로
마른 눈물 삼키는 모정이 오버랩된다
　　―「수세미」 전문

　　앞서 언급했던 「매화의 전설에 동하여」에서 "당신"과
의 "이별"이 서사를 이루었듯이, 「수세미」에서도 마찬
가지로 "그녀"는 서사로 진입하는 창문이다. "수세미"
로 비유된 "그녀"는 종국에 가서 '어머니'로 치환되는
데, "수세미"를 통해 "모정"을 보여주는 것처럼 천은선
의 시는 구체적 사물에 빗대 관념을 이미지화 하는 방식
을 주로 취하고 있다.

속을 채웠다가 속을 비워가는 수세미의 여정은 엄마의 삶과 꼭 닮아있다. 그러나 그 삶은 독립된 화자의 엄마에서 이야기가 멈추지 않고, 「나이」에서 말했듯이 "뒤따라"가는 삶의 궤적을 통해 기억의 연속성을 지니고 있다. 이것은 분별된 사유를 통해 유기적으로 움직이려는 시인의 몸짓에 가닿는 동시에 다른 한편으로 "모정"은 "아버지"에 대한 기억과 밀접하게 연결되어 작동하고 있다는 사실이다.

　　주머니는 채워지지 않고
　　애간장만 태운 삶의 터전에서
　　먼지 쌓이는 창가에 기댄
　　어머니의 허리는 휘고 있었다

　　아버지 열정만큼이나
　　바람의 창이 삐걱거리면서
　　어머니의 허리를 아프게 했다

　　남 좋은 일만 하다 가셨다면서도
　　어머니의 푸념 조각에는
　　아버지를 향한 그리움이 바느질되어 있었다

— 「어머니의 허리」 부분

　"아버지"가 입원한 병실에서 가족들의 모습은 "먼지 쌓이는 창가에 기댄/ 어머니의 허리"로 환유된다. 이때 "허리"는 '꽃대'의 비유다. 꽃을 세워야 하는 "허리"의 역할을 이제는 "아버지" 대신 "어머니"가 해야 한다. 그런 "허리"가 "휘고" 있다는 것은 녹록치 않은 삶의 현장을 선명하게 보여준다. 그리고 그 어머니를 뒤따라 또다시 누군가의 어머니로 살아온 기억은 시인에게 있어 다른 기억보다 굵은 마디를 지닌다.

　"어머니"라는 단어는 그 자체로 커다란 울림통이다. 스스로 지닌 울림은 상상보다 크고 무겁고 축축하다. 그 순간 감성에 젖지 않고 담담하게 풀어내는 목소리는 절로 떨림을 지닌다. "어머니"를 거쳐 밖으로 나오는 진술은 그래서 매번 저릿하다. "남 좋은 일만 하다 가셨다"라는 말에 담긴 속내는 묵묵히 느끼기로 하자. 그것이 시인이 바라는 몸짓이고 애써 숨기지 않고 기억에서 꺼낸 이유이기 때문일 것이다.

　어떤 기억은 강물이 흐르는 동안에도 마디가 굵어지고, 어떤 기억은 풍화에 크기를 잃고 서서히 작아질 것이다. 천은선의 시편을 살펴보면 곳곳에는 "이별"이라는 덩어리가 여전히 같은 크기로 시간에 맞서고 있음을 알 수 있는데, 그중에서 "아버지"는 강물 곳곳에 포진해 있는 바위처럼 대표적 소재이다.

> 된서리처럼 걸려온 전화
> 아버지 위독하시단다
> 무서리에도 찬 기운이 신경 쓰이던 밤
> 체온이 발가락 끝에만 매달린 듯
> 온몸이 냉골이었는데
> 차창 너머 시간은 늘어지기만 하고
> 아버지는 영원의 길을 재촉하시나 보다
> 흐르는 눈물을 멈출 수 없는데
> 서릿발 같은 전화
> 바람을 잦히고 따뜻한 가슴을 내놓으신
> 속살 꽁꽁 여미고 거친 삶을 걸으신 아버지
> 젖은 길을 달리고 달려
> 아직 남아있는 온기를 끌어안았다
> 가시는 길도 보내는 길에도
> 그리움 축축하게 올라와
> 울음 섞인 숨소리 병실에 가득한데
> 창가에 아버지의 마지막 말씀이

빗물처럼 흐르고 있었다

　—「서리 내린 날」 전문

　시집 『기억의 강물』에서 시인이 보여주고자 하는 "이별"의 실상은 '죽음'에 맞닿아 있다. 그리고 이별의 대상은 "아버지"에서 끝나지 않는다. 하지만 그 대상이 누구라고 굳이 언급하지 않더라도 "아버지"를 투과해 보여주는 "이별"의 순간과 이후의 기억은 '문득'을 뛰어넘어 '숱한'의 지속성을 담고 있다. "서리 내린 날"의 화단처럼 이미 진 꽃과 겨우 남아 있는 꽃의 수명은 미미한 차이다. 겨울을 맞닥뜨린 꽃의 이미지를 "아버지"에 얹는 순간 갈등은 증폭된다. "아버지 닮은 달이/ 넘어가는 해를 붙잡으려 애쓰고"(「어머니의 허리」)있는 모습에서 "달"은 아버지를 포함한 가족 전부의 마음이었을 것이다. 하지만 해도 기울고 달도 기울고, 삶이란 이렇듯 굵직한 통증을 수시로 남기게 마련이다. 그리고 그런 통증을 중심으로 파편들이 여전히 세계를 이룬 채 현재의 시간을 흘러가고 있다.

　"기억과 망각은 반복하며 가슴 깊은 곳으로 써 내려가고 멈출 줄 모르고 걷는 시간은 미래로만 가는데 사그라지던 가슴으로 여백에 잠시 침묵하는 사이"(「할머니 밥그릇」) 불쑥 시는 찾아온다. "아버지의 노트"는 잔상으로 남은 기억을 재생시켜주는 발화체이고, "아직 피지 못한 꽃들 사이"(「분리수거 중」)에는 시로 변모하지 못한 언어들이 수북하다. 그래서 시인에게 이별이란 끝을 의미하는 분리가 아니라 새로운 항해를 준비하는 시적 동력인 셈이다.

> 이별은
> 찬바람 삼켜가며
> 씨앗을 키우는 일인지도 모르겠습니다
> ―「이별에 대하여」 부분

　천은선 시인에게 시를 쓰는 일은 "씨앗"이 싹을 틔우는 일과 동일한 통증을 지닌다. 통증이 통증을 밀어내며 꽃을 피울 때 기억은 새롭게 해석될 것이다. 과거의 기억이 기억에 머무른다면 그것은 허상에 불과하다. 허상은 타자의 감정이 소멸된 건조한 세계다. 그곳에서 꽃을 피우기 위해서 시인은 스스로 꽃대가 되어 흔들려야 한다. 몸으로 뱉고 몸으로 받는 떨림. 이렇게 흔들리는 순간이 기억의 마디에 닿을 때 시라는 움을 틔우지 않을까. 그래서 이전에는 "떫어 울던 눈물 속에서도／ 알토란

같은 날들/ 행여 누가 밟을까 봐 얼른 껴안"(「그래도」)듯
소극적이었다면, 이제는 "해탈하지 못한 봄빛/ 꽃잎 사
이, 풍경소리 고인"(「풍경소리」) 날을 시적 배경으로 남
겨두고 "건널목 지나오는 봄에/ 다시 몸을 일으"키듯 능
동적인 몸짓을 충분히 드러내도 좋을 것이다.

　　호기롭던 언덕에 헛물이 들어
　　푸념으로 넘어진 바닥에서
　　몸을 일으켜 보자

　　어줍어 머문 자리
　　희멀거니 선 밑그림 위로 방황이 지나면
　　뇌리에서 부스럭거리는 고집들
　　반만 접어보자

　　미완성의 걸작을 기대하며
　　불그스레함이 붉다고 고집하고
　　푸르스레함이 푸르다고 고집하면
　　그렇다고 하자

　　나를 고집하지 않기로 하자

시간을 주무르며

다시 일어나

천천히 채우기를 반복하는 달과 함께

한발 한발 느린 길을 가보자

— 「한발 물러서서」 전문

'기억'은 생성과 소멸의 영역이다. 그곳에서 파생된 세계는 다양하다. 그러므로 시인이 만나는 시간은 그 자체로 하나의 고유한 세계이다.

"상처가 날 때마다/ 온몸에 꽃잎을 붙이고/ 가시 돋친 말들을"(「꽃 진 자리」) 달래는 동안 천은선은 시를 만났을 것이다. 독립된 개체이면서 동시에 하나의 구성을 이루는 대상의 범주가 표면적으로는 '나'를 중심으로 펼쳐진 '가족'일지라도 그것이 만들어낸 시적 세계는 공유할 수 있는 영역이어서 기억의 파장은 여전히 유효하다.

「한 발 물러서서」를 통해 고백한 천은선 시인의 목소리는 비장하면서도 겸허하다. 그래서일까 "설익어 내게로 온 시간들/ 여물어가고 있는 여정에 담고/ 하나둘 익히는 중이다"(「익어가는 중」) 라는 고백은 더욱 진솔하게 다가온다.

"마지못한 삶도 내 것이라 여기고"(「당신의 발자취」),

"도시의 불빛이/ 거리에서 비틀거릴 때/ 별을 사냥하는 거미"(「거미」)처럼 시를 찾아나서도, "오월이 피면/ 추억을 붙잡고/ 고향으로"(「감꽃」)향해도 좋을 일이다. 그 걸음에서 '문득' 기억의 강물을 다시 만난다면 강물에 몸을 담근 채 울퉁불퉁한 강바닥의 속살을 맘껏 느껴보는 것은 어떨까. 그때쯤 "무슨 재미로 사냐고" 사람들이 또 물어오면 "나이만큼의 봄이 한껏 밝다"고 대답해 주면 될 것이다.